JN060262

彼岸の人

とわずがたり

秋吉翔子 AKIYOSHI SHOKO

文芸社

もくじ

1　他界

母が逝った。
九十七歳だった。
遺影の前で私は目を伏せ、合掌した。
線香を、香炉に立てた。
ゆらゆらと上へ上へ昇っていく、母と私を繋ぐ一本の白い線。
仏壇周りの空気を、それはゆっくりと攪拌（かくはん）した。
母が何らかを応えているから、それが「揺らぐ線」の気配にも見えた。

季節は、風薫る五月。
空が青い。
弔いには似つかわしくない、こんなにも爽やかな陽気なのだった。

「昼寝をする前に、ちゃんと自分でお風呂に入って身ぎれいにして、なんだかこうなるのが分かっていたようだった」

お焼香を終えた私に、同居していた義理の姉は、そう話しかけてきた。

八十代で父に先立たれてからの母は、足が弱っていたものの、屋外では手押し車を使いながら近所を歩き、茶飲み友達と井戸端話をする日課があった。

身体は要介護1程度で、週に一度のデイサービスも楽しみにしていた。

特段、日常的に誰かの介護を必要とするほどではなかった。


この現実を迎えるまでは、母が年を重ねるごとに、気持ちの片隅に、いつかはこうしたことが起こり得るという、漫然とした思いはあった。

同時に、実在の母が亡くなるという現象は、来ないのではないかとも思っていた。

母親とは、きっと、そういうものなのだ。

2　母が居た場所

母は私、詩織(しおり)を三十三歳で産んでいる。

戦争から帰って間もなかった、同い年の父の元に嫁いだ。

昭和二十三年の年頭に長兄を産み、その後、三歳違いの次男を産んでいる。

男の子二人をもうけたので、子供はもう要らないと決めていたが、同居していた祖父母に、是非に今度は女の子を見てみたいと請われ、私を産んだと聞いた。

母は迷いに迷ったのだろう。私は長兄とは十歳の年が離れている。

祖父母にとっては待ちに待った女児の誕生だった。

祖父母は毎日、私を手元から離さなかったという。

祖父は次男だったので、本家から出るかたちで、田舎の小作農家に収まった。

自分の持ち分の田畑は一切なく、田畑を借りて農業をする貧農の最たるものだ。

結婚をして子供が五人生まれた。姉が三人と父、弟の五人だった。

子供たち全員が学校に持参する、まともな「弁当」作りは当時、なかなか難しかったらしい。

麦飯に小麦粉を混ぜて嵩増しさせて、おにぎりに握って茹でて作る、「茹で餅」を持参するような生活ぶりだったと、父から聞いたことがある。

長男だった父は器用だったらしく、藁葺き屋根職人を生業にした。一般住宅の他に、流麗な神社仏閣の屋根の葺き替えや、メンテナンスもしていた。

職人の仕事の他には、家の農作業の中心であり、現金収入のあるタバコ栽培を続けて、そのまま兼業した。

タバコ栽培と父の屋根職人の収入が入るようになると、やっとぼちぼち、借りていた田畑を買えるようになったようだ。

ほぼ、自給自足のための田畑はそのままだったが、タバコ栽培畑を増やしていった。

それでも寂れた家の佇まいは、祖父が単身で最初に住んだ時と何ら変わらなかった。

掘っ立て小屋同然の平屋は、正面向かって右側の玄関を入ると、土間と台所がある。

中心に囲炉裏が切られた板の間の居間があり、その左には続きの間で、畳の部屋が二つある。畳の部屋といっても、一番奥の部屋は、当初は藁を敷き詰めた上に蝋引き紙をのせていただけだったらしい。

いわゆる、祖父には畳を敷けるだけのお金は、その時にはなかったのである。

それだけでなく、一番左の手前側は玄関の土間続きで、牛小屋があった。

家族と同じ屋根の下に、牛は飼われていたのだ。

祖父の時代には牛は農耕に使い、農閑期には太らせて、売り時が来ると「馬喰」という牛馬仲介人に渡して、現金収入を得ていた。

祖父の家は、代々において継がれてきた周辺の家々に比べたら、およそ半分程度の大きさだったし、兼業農家なので田畑の規模に至っては雲泥の差があった。

そんな貧農の家に、母は嫁いできた。

四人姉妹の末っ子だった母は、生糸工場に就職して、穏やかな父母の下で娘時代を過ごしたという。

農業の経験がなかった母は、作業やその他の予想外の様々な苦労が多かった。

それに加えて父は、気に障ることがあると、何かにつけてよく怒った。

この状況に、この人は何をそんなに怒っているのか、どうしていつもこんなに怒られなければならないか、母は終ぞ、慣れなかったという。


「人中、苦あり」

人の道の、何と難しいことよ。

時代は戦後、十年以上も経つと、新築する家屋も増えてきたが、藁葺き屋根の需要はなくなって、父の仕事は激減した。

父は、あっさりと職人を辞めて、四十五歳の時にサラリーマンになった。

父の功徳があったとすれば、後にも先にも働き者だったことだ。

父の日常は、相も変わらず会社勤めと農業の毎日だった。

会社から帰ると、夕ご飯が出来上がるまでの約二時間を、田畑の仕事に費やした。

農閑期には、夜なべ仕事をするのを、私もよく見かけた。

それでも父がサラリーマンになると、農業の負担が大きく母に掛かってきた。

父がサラリーマンになって二年目、長兄が所帯を持つ頃になると、手間のかかるタバコ栽培は辞めた。

そして、家を二世帯住宅に新築することになった。


母を見ていると、いつも何かに追われているような多忙な日常生活だった。穏やかな顔をしていた時を、思い出せないほどだ。

それは子供心にも私が、常々感じていたことだった。

朝早くから誰よりも先に起きて、皆の弁当と朝食の支度と洗濯をした。

そして当日の農作業をこなす。

また、常に父の立場が絶対だったので、父への気の使い方が難儀だった。

家族全員で夕食を囲むのだが、些細な粗相でも、父の叱責の声が飛んできた。

儀式のような空気の中に入らなければ、食事が出来なかったのである。

3　母と娘

私は、母に叱られたことがない。学業も強いられたことがなかった。父の分まで優しかった。

父の前では大概、ピリピリしていなければならないが、母の前では、私の心はどこまでも自由だった。

農閑期に母は和裁をして、ご近所から依頼される着物を縫うのだが、仲間内には洋裁をする方がいた。

機械使用で、ニット編みのカーディガンやセーターなどをオーダーメイドするのだ。

貧しいながらも母は、必ずその知り合いからオーダーメイドした秋冬物の服を、嬉しそうに私に着せていた。

その他の服はどうしたかというと、東京で就職して所帯を持った叔父さんの奥さんが、時々、買って送ってくれた。帰省する時はお土産に持参してくれた。

それは叔父さんの子供たちは、三人とも男の子だったからだった。奥さんは女の子の洋服を買いたくて仕方がないと言っていた。買えば自動的に私に回ってきたのだ。

母とは何か話をしなくても、傍にいるだけで嬉しかったし、温かい気持ちになった。

私がまだ小さな時には、友達の家に泊まったり、一緒に宿題をしたり、遊んだりしていた方が面白かったから、取り立てて母と話をしようとか、したいとかの意識がなかった。

学年が進むと少なからず、自分の進路の準備もしなければならない。

そんな時期になれば、面と向かっての親子の話など、いつの間にか気恥ずかしくなってしまうのだった。

私は、高校生活までを実家で暮らしたが、両親に、心から感謝をしたこともないから、当然、お礼も言っていない。

その後は進学のために、育てられっぱなしで家を出て行った。

時々、帰省して顔を見せてはいたものの、親について、私は何も考えていなかった。居て当たり前の存在以上には、考えていなかったと思い当たった。

こんな言い方では申し訳ないのだが、こうした気持ちは先に父が亡くなったことで、気づきが強まったことであった。

普段から家族には愚痴も言わない、否、言う暇がなかったのか、母の気持ちのひとかけらも知らないままだった。

自分が随分不甲斐なかったと反省して、娘らしいことをしようと、やっと気づかされたのだった。


あの時は父の一周忌で、夫と一緒に実家に帰省した時だった。

「母さん。少しは落ち着いた？　電話でも話したけど、この機会にしばらくの間、我が家に遊びに来ない？」

と、私は母にあらためて確認した。


この時、私は五十代、母は八十代である。

いつの間に歳月は私達の前を、こんなにも早く過ぎてしまったのだろう。

真摯に一度、思い切って立ち止まらない限り、振り返らない限り、歳月は足音もないままに、過ぎ去っていくばかりだ。

母が、自力で身の回りのことが出来得るこの時を逃して、またいつ我が家への滞在を促せるだろうか。

母には自宅への帰宅期限を決めずに、我が家でのんびりしてもらいたかった。

近所の茶飲み友達には、しばらく会えないかもしれないが、ところ変わった空気を吸って、心を解放してもらおう。母には良い経験ではないかと思った。

私にとって母は一番、心が近い肉親だった。手を伸ばせばすぐ届く、定位置にある私の魂の故郷なのだ。いつも見守ってくれている、確かな「安心の気」があるのだ。

口にこそ出してはいないが、仮にも母なしでは、今の私はいなかったろうと、ぼんやり考えるのだ。

結集力のある部族を、いち早く骨抜きにするには、彼らに内在している心の拠り所、崇拝している象徴を壊すことが、最速だという。

そんな喩えに近いものが私自身に、十分に当てはまった。

実家からの帰りに、母を一緒に伴った。

「この部屋を使って。何か不便があったら言ってね」

我が家での初日の夜に、私は母に言った。

季節は早春の三月だったから、時間帯によってはまだまだ肌寒い。部屋には事前に、中古のテレビと簡易ベッドを購入し、床にはホットカーペットを敷いておいた。カーペットは常時、点けておいていいからと伝えた。母には田舎育ち特有の、無意識に節約して我慢する癖があるのだ。風邪を引かれたほうが、こちらは何倍も困るからと、体を温かくして過ごすよう、重ねて注意喚起をした。

近所の茶飲み友達にも電話を掛けて話をすればいいよと、些細なことまで、ついでに付け加えたりした。

4　つれづれなる会話

私は自宅がある地続きの敷地内で、基本的に夫と仕事に携わっている。

仕事場で夫と一緒に昼食を摂ってから、朝のうちに準備した弁当を温め、飲み物を添えて、母が居る部屋まで運ぶのだった。

私が母より先に昼食を摂るのは、その後の母の散歩に付き合うためだった。


「母さん。ここはどう？　のんびりできてる？」

まだ、お弁当を食べ切れていない母に、私は話しかけた。

いくつかの持病があるため、誤飲の危険性もあるので、日頃から母には、ゆっくり噛んで食べてもらっている。

母は、

「ああ。こんなに楽させてもらって、罰が当たらないかと心配してる」

と、いつもの遠慮がちな口調で答えた。

私も、尤もらしく、

「アハハ。大袈裟ね。一生のうちに、こんな日があってもいいでしょ。お互いに元気なうちにしかできないことよ」

と、返していた。

「それはそうだね。嬉しいよ。さっきも電話口の友達に言われたの。娘が居てよかったねって」

母は、やっと食べ終えた後の箸を揃えながら、羨ましがられたふうな面持ちで話した。

食後の休憩をすると、暖かな時間帯のうちに、一緒に散歩をする。

母の居る間は、私は少し長い昼休みをとることにして、おしゃべりにも十分に付き合おうと決めた。


母が、のんびりする時間を過ごしてくれたらそれでいいと、当初は軽く思って我が家に連れてきたのだった。

当面の間の、母の過ごし方が楽になれば、それでいいぐらいに思っていた。

私たち夫婦が休みの時には、いくつかの観光にも母が疲れない程度の時間配分をして、出掛けたりした。

　特に富士山五合目や、関東総鎮守の神社などは、母は大層喜んで、私たちに感謝した。

　そうした三週間ほどが経った頃、私の気持ちが何となく、何だか物足りなくなってきていることに気づいた。

　母に対するもてなし方が、なんだか空しいのだ。

　表層的には申し分なく、調(ととの)っている日常だし、何につけ、母も気に入っているとは言ってくれている。

　けれども、何かが不足している思いは、日に日に膨らんでくる。

　考えてみたら、学生時代の途中で家を出ていた私は、大人になってから初めて一番近くて密な立ち位置に今、母と居るのだった。

　そうした環境になって、少なからず見え隠れする何かを、私がキャッチしたのかもしれなかった。

母が滞在してから、一か月近くが過ぎようとしていた。

母は相変わらず、自分から意見を言うとか、働きかけるとかは数えるほどもなかった。

時々の生活のシーンで、何かの要望を聞くことがあるが、ほとんど人任せで終始する。

最初は自分の家ではないので、私に遠慮していると思って放っておいたが、どうも、それとも違う感じだ。


母は嫁いだ家で、貧しくも農業と和裁をしながら、三人の子供を育てあげた。

そして、同居していた義父母を最期まで看た。

高齢になってからは、先に逝った父の面倒も十二分に看てきたのだった。

母は、人生としてはもう立派に生き切ってきたのは、家族なら知っていることだった。

過去の苦労を知っているからこそ、今以上の安寧を得てもらいたいと、家族も願っているだろう。

母が穏やかに過ごしてもらう以外に、何も考えることはなかった。

そう。何も考えなくてよかったはずなのに、日一日と、平穏無事に日常生活が過ぎていくほどに、どうしても母に対して何かが、不十分な気がしてきたのだ。

母親が自宅に帰るまで、このルーティンだけでは単調すぎるかなと、ぼんやり考え始めた。

なんだか妙に、モヤモヤ感が増してきて、落ち着かなかった。

ある日、母が昼食を終えた頃に、私はおもむろに聞いてみた。

「母さん。趣味か何か、続けていることはあるの？」

「菜園は変わらずにやってるよ。最近はね、要介護になってしまって、週に一回、デイサービスに行ってるの」

「要介護になったんだっけ」

「そう。足腰が痛むから、時々、マッサージに掛かってる。転ぶと困るから、なるべく家の周りを散歩してるよ」

「そうなのね」

私が聞きたかったのは、定期的にデイサービスやマッサージに行くことではなく、母自身が楽しめることや、生き甲斐にしている事柄が、あるかどうかなのだが。

更に聞くまでもなく、話してくれた日常生活が母の全てのようだった。

母は自分の守備範囲での生活から、一度も出ようとしたことがない。出たことがないのだと思った。

日常の習慣のままに生活していた。率先して何かを考えることもなく、この年齢まで来たのだ。

母はいきなり八十代を生きているわけではないのに、習慣だけで生活していることが私には、とても不自由に見えてきた。

それではもう、「終わった人」になってしまうだろう。

時代は違っても、歳を重ねて来た者は、人生に積み上げたものを咀嚼して、明日からの糧にしたりする。ボランティアに出たりなど、余生を味わい深くするケースは、少なくない。

母は私よりも、老い先は短い。

順番でいけば、確実に私よりも先に逝く。

ダイレクトな感想を言えば、今の母のままで、逝かせてしまっていいかということだった。

女性の就職先は「結婚」とする世情の中で生きてきた母に、個人の独立性や、経済性云々を言うのは何か違う。

けれども結婚に乗じて、生涯の全てを人任せにしているふうにも映る。

一生涯が、まるで借りものであったかのように、自分の選択した領域を歩くという、充実を知らないまま終えるように映るのである。

しみじみと、「苦労だけを味わった人生」だったなんて、言い出さないでもらいたい。

よかった思い出のひとつぐらい、そろそろ聞かせてもらいたい。

娘の私の方が淋しくなってしまう。

このまま数週間、数か月が経って自宅に戻ったとして、母の何が変わるだろう。

何も変わりようもないと察する。

「これからの人生で、何をしたいかしら？」

「今、心残りにしていることがあるかしら？　あったらサポートしようか？」

などと八十代の母に、家族の誰が働きかけられるだろうか。

母も相変わらず家族に気を使って、当たり障りのない日常を過ごそうとするのが、関の山になろう。

そして、茶飲み友達と井戸端話で終える一日に、当然のように戻るだろう。

大正時代に生まれ、婚期の年頃には戦時中だった母の価値観に、何を刻んできたかは到底、私には分かるはずがない。

生きたい人生を歩もうとした時期が、あったかどうかも聞いてはいない。

分かることは、過去から現在までの母の思考に大きな変化は、遂になかったということだ。

何でもいいから、挑戦する自由とチャンスは、十分にあったはずだったと思うのだが。

人生の後半に、趣味でも何でも好きなことで、盛り上がった時代が母にあったなら、どうだったか。

仮に、花の一つを咲かせるような時期を生きたというなら、全く別の話になっていただろう。

花を一つ咲かせるといっても、自ら適した地盤を見つけ、種を蒔いて陽を当て、水遣りしながら芽吹かせ、茎を伸ばし葉をつけるのを見届ける。

それから蕾を待って、実際にどんな色のどんな形の花が咲くかを見るまでの時間は、短くない。

根気が要る。

けれども、花を咲かせた経験は、花の名前を知る。花言葉を知る。咲く季節を知る。

そして生涯、花一輪の美しさを知り、忘れることはない。

また、違った花を咲かせて、違った美の風情を感じたりもする。華やかな瞬間を一度でも、見られたとしたならば。

束の間の経験の一握りでもつかみ取っていたなら、身に付くものもあったろう。

それは宝になり味方になって、自分が自分を守れる術にさえ、成り得るかもしれない。

そうした一時があったなら、母の人生は本人に終始お任せで大丈夫だろう。

私は、今までと何ら変わらず、母とは付かず離れずの距離感で、何の面倒も抱えずに、考えずに、互いに終えているだろう。

そう。ノータッチの一択だったろう。


正直、この年齢になるまで、私は親孝行という表立ったことは、何もしていなかった。実家とは離れた他県在住のため、時々子供の顔を見せながら帰省していた以外は、特に何もしていなかった。

常に、自分の目の前の課題に取り組むことに精一杯で、これといって、両親を注視したことがなかったのであった。


それでも、苦労だけで終えそうな母の生涯を忍びないと感じていたのは、当時も今も同じ思いだった。

少しは積極的な人生を歩んでもらいたい。幾ばくかの安らぎや彩りを、母の物語に加えてもらいたいという気持ちがあった。

そのくせ、離れて暮らしていることを理由に、何をどうするかという具体的行動は、とうとう機会を持たず終いだった。

子供の成長や孫と遊ぶという以外の、母の余暇生活は、見当たらなかった。実家の本棚には、生前の父の蔵書があるが、母は、仮にもたった一冊の一ページも、開いたことはないそうだ。

読みたいジャンルが違っているからという、大層な理由ではもちろんない。はなから興味がないし、関心もないからだろう。

以前、「遠慮がち」とか「謙虚」と思っていた母への印象は、実のところ、「無関心」や「消極的」であったろうとも思えてきた。

心にロックか、何かの枷が掛かっていて、外れていないようにも映った。

ここに滞在している母の生活は、昨日も今日も私の作るご飯を食べて、一緒に散歩に出て運動をする。

合間には、好きな歌番組のテレビを見たり、会えていない知り合いに電話を掛けたりして過ごす日課は穏やかだ。

表面的にも、対外的にも何ら問題はない。体にも健康的な暮らしに違いない。けれども、人には心の健康面もある。

心身両面のバランスが、いいに越したことはないだろう。

日一日と、無事ではあるが何となく時が過ぎていくだけでは、もどかしくなってきた。

私は痺れを切らしてきた。


遅ればせながら、これからは堂々と娘の立場を利用しよう。

思い切り母に関わって、明るい未来を伝える努力をしよう。

喜びになるだろうことを、是非に母の魂に添えて、持ち帰ってもらおう。

そうなのだ。

互いに最も濃い、そして私にとって最長の共有期間で存在している肉親だったと、今更に意識した。

そして母と娘の今世の関係は、未来永劫ではなかったと思い直した。

今世限りの期限付きだったと、思い直したのだった。

ある日の昼食の後に、

「母さん。うちにある本を読んでみない？」

と、母に話し掛けてみた。

なるべく、平易な文章と文脈の一冊を選んで、私は母に手渡した。

「本を？」

「そう。取りあえず一冊、ゆっくりでいいから読んでみない？」

母は、渡された本を手にすると、

「いいよ。お陰さんで今、ほとんど家事もしてないことだし」

と言いながら、意外と、すんなり承諾した。

けれども、理由が何とも母らしくて気が抜けた。

「大袈裟かもしれないけど、母さんに、〝生き直し〟をしてもらいたいと思って」

母は私の言葉に、ちょっと驚いたようだった。

驚いた後に、怪訝そうな顔つきになって、

「生き直しって？」

と、聞いてきた。

これは、伝え方がまずかったと思って、

「ごめん。ごめん。言い方がダイレクトすぎたかな。何というか、〝八十代からの幸せ探し〟ってことになるかな」

と、私はすぐに言葉を返した。

「私の？」

「もちろん。八十代は今、母さんだけ」

「幸せって、どんな？」

母は、少し興味を示したようだった。


「じゃあ、母さんの考える幸せって、具体的にどんな？」

「そんなに特に、幸せなんて考えたことないよ。でも、こうして詩織のところに来てるのは、幸せだね」

「そうね。それも幸せね。でも、母さんが帰ると、この状態は終わっちゃう。目の前に見えてるものも、いつかは消えちゃう。

　私が伝えたいのは、ずっと続く幸せってとこかな」

　母は、私が何を話し出したのかと、少々戸惑った顔つきをした。


「幸せには、永遠に続くものがあるらしいの」

　と、私は言葉を続けた。

「どういうことだろ？」

「観光やら美味しい食事は幸せだけど、家に戻れば終わっちゃうでしょ」

「それは、そうだね。でも、ずっと幸せが続くっていうのは？」

　母は珍しく、少しだけ身を乗り出して聞いてきた。

　私は後にも先にも、きっと母にしか言えないだろうことを、ゆっくりと話し出した。

「それなんだけど、それは母さんの気持ち次第で、自分で作れるらしい」

「自分で作れるの？」

　と、母は驚いて私に聞き返した。

　私は取りあえず、要点だけを掻い摘んで話した。

「縁起でもないと言われそうだけど、生きていれば、誰もいつかは亡くなるでしょ。人の生死は、表と裏になっていて切り離せない。あの世の世界は、当人が生きていた想念、心象風景が反映したところに行くらしいの。明るい心持ちで逝けば明るいところへ、哀しければ哀しいところそのままに行くというの。

ということは、生きてるうちに幸せな心持ちになって、逝ってからも快適な場所で過ごしてほしいというのが、私の本音よ」

母は、小刻みに瞬きをした後に、

「今の気持ちが、そのまま死んだ後も続くなんて」

と言ったまま、突拍子もないことを聞いたという顔つきをした。

「分かりにくいよね。でも、ここに居る間に私が手伝うから、一緒に幸せ探しに出掛けてみない？」

母からは、娘からの提案だから安心もあるが、戸惑いもあるという様子が窺えた。

けれども今は、我が家に滞在している母に、一宿一飯の恩義を着せている私への弱みが、功を奏しているのか？

母は少し、間を空けてから、

「よく分からないけど、詩織が手伝ってくれるなら、いいよ。任せる」

と答えた。

私は母に、とうとう本音を話すことができたと、胸を撫で下ろした。

遅くも早くも、今のタイミングがベストだったと思い、然るべき時に然るべき時が来たのだと思った。

5　縁(えにし)

私が実家住まいをしていた頃は、各家々には概(おおむ)ね神棚や仏壇があり、日常的に毎朝それぞれに供物を添えて、合掌していた。

これはもう、日本の文化になっており、生活の一部に収まっている。

子供が誕生すると、「命名〇〇〇」と、名前を書いた半紙を恭(うやうや)しく神棚に添える。

そして、神様に成長の報告とお守りを祈念して、神社に出掛けて宮参りをする。七五三祝いをする。

進学試験や就職試験など人生の節目に、お願い事の度に参拝し、毎年のように年始詣でを忘れない。御礼参りもする。

弔いになると、各宗派の寺に戒名を頂き、供養され、先祖と共に墓に納まる。そして命日の回忌供養、お盆法要、彼岸法要などが催される。

ということは、盆や彼岸や命日の度に、死者はあの世とこの世の両界を往き来していることになる。

異界ながらにして途切れておらず、繋がっているからこその節目の法要であり、日頃の供養という解釈に辿り着くのだろう。

人の生き死にに関わる神事仏事の度に、神社仏閣には、何度お世話になるか数えきれない。

現在の日本の神社総数は、約八万社あるという。もっとも、数十年遡れば十万社以上が存在したようだ。

総数からすると、どんなに鄙びた村や離れ島にも、必ず、人々の身近にあった存在になる。

寺院は、およそ七万七千寺あるという。

現代の神社は、季節ごとの祭祀をはじめ、国家国民の安寧のために、年中行事を欠かさずに司る聖域になるという。

なかには神社建築ではなく、古代のままの巌谷（いわや）に、注連縄（しめなわ）を廻して祀る神社が現存するエリアもあるようで、いかに日本人は往古から神と共に歩んできたかが窺える。

神道には、教祖も教義も経典もないにもかかわらず、八百万の神々をはじめ、産土神、氏神に、見えざる力で、日本人の縁として支えられていよう。

日本人の私たちは至極当然に、先祖を敬うように、神を敬ってきた経緯がある。意識の如何にかかわらず、神仏は、余りにも生活に密着した存在なのだった。

日本に生まれた縁を、私は「吉」だと思っている。

出来れば、そういった報恩感謝の境地を母と共有して、限られた時間を過ごしたいと思うのだった。

私は、小学生の低学年頃までは、大人は皆等しく、何でも知っていて生活していると思い込んでいた。

知らないことを聞けば、何でも答えてくれるのが大人だと、平気で決めていた。

神棚や仏壇に、恭しく拝する両親の日常を見ても、神仏への向かい方は、一貫した認識の上に成り立って暮らしているとしか、映りようがなかったのである。

私の幼い頃は、親と学校の先生は絶対的存在だった。

しかしながら、それから数年も過ぎれば、それは大人への、あっけない幻想だったと知ることになった。

町内の祭祀に参加しているとき、もはや個々人の信仰の意識は、審らかにならない。

慣習で動いている節があるからだ。

慣習を粗雑に扱えば、罰が当たるかもしれないから。

集団意識も手伝い、祭祀一般を継続している地域もあろう。

地域が開催する祭祀は、これからも今まで通りに続いていくのだろう。

その向かい方は自然体で、神仏を身の内に内包しているだろう日本人の、所以になろうか。

6　言霊（ことだま）

「写経をしてると、死んだ人がいっぱい夢に出てくるんだけど」

母が会話の最中に、そう言ってきたことがあった。

「えっ！　いつから、そんなことになってたの？」

何の前置きもなく聞いた私は、慌ててしまった。

母と電話で話しても、逐一の日常生活の細かなシーンまでは聞き及びもしないので、もちろん、写経をしていることまでは、私は知らなかったのだ。


週に一度、近所の施設の「デイサービス」に、お世話になる日がある。

父に先立たれたこともあり、母はデイサービスの過ごし方の一つに、「写経」を選んでいたようだった。

初耳だったが、そうした系統の体験をしていたなら、この機会に伝えたいことが俄然、言いやすくなった。

どんなきっかけを作って話そうかと、結構ヤキモキしていたから、ハードルがあっさり下がってほっとした。

母は、いわゆる「摩訶般若波羅蜜多心経（まかはんにゃはらみったしんぎょう）」の経本を、紙に書き写す作業をしていた。仏壇の前で悟りの境地の般若心経を唱えると、死者がとても心地よくなり、霊が集まり寄ってくると聞く。

寄ってくるだけなら何ら構わないが、なかには、よろしくない浮遊霊やら地縛霊やらが憑いてしまう場合もあるから、困りものだという。

経典の意味がほとんど分からずに、写経しているだろう母の身にも、そうした現象が実際に起きていることを聞いて、驚いた。

正しい修行を積み、意味を理解している僧侶の方が般若心経をあげれば、そのまま霊力、法力になるが、理解していないままの一般人が、音読や写経をしても同じことにはならないようだ。

「夜の八時頃、玄関をドンドンと叩く音がしたの。こんな時間に誰だろうと思って、外に向かってどなたなのか聞いても、返事がなかった。それが二日続いたの」

母は思い出して、こうした出来事があったと私に話した。

それは父が逝って、何日かが過ぎた頃だという。

本当にそんなことが？

何をか、言わんや。


生きている人が今、夢の中で大勢の死者に会っても、あまり楽しくないのではないか。なかには会えて嬉しい人もいるとは思うが。

どちらかと言えば、気持ちを元気にする「言霊」の方が、適切だと考えた。

写経の代わりに、「天津祝詞（あまつのりと）」を勧めた。

「天津祝詞」とは、神社でお祓いのときに神職が唱えたり、神道の方が自宅の神棚に向かって唱えたり、神社を参拝するときに唱えたりする言葉。母は初めて目にする「天津祝詞」だった。祝詞が掲載されている本を、早速母に渡した。

「高天原(たかまのはら)に神留(かむつ)まり坐(ま)す。神魯伎(かむろぎ)神魯美(かむろみ)の命(みこともち)以て。皇御祖神伊邪那岐大神(すめみおやかむいざなぎのおほかみ)。筑紫(つくし)の日向(ひむか)の橘(たちばな)の小戸(をど)の阿波岐原(あはぎはら)に御禊祓(みそぎはら)ひ給(たま)ふ時(とき)に生坐(あれませ)る祓戸(はらえど)の大神等(おおかみたち)。諸々(もろもろ)の枉事(まがごと)罪穢(つみけが)れを祓(はら)ひ給(たま)へ浄(きよ)め賜(たま)へと申(もう)す事(こと)の由(よし)を天津神(あまつかみ)　国津神(くにつかみ)　八百萬(やおよろず)の神等(かみたち)共(とも)に天(あま)の斑駒(ふちこま)の耳(みみ)振(ふ)り立(たて)て聞食(きこしめ)せと畏(かしこ)み畏(かしこ)み白(まを)す」

天津祝詞の「言霊」は、奏上する人の罪穢れを祓い、御身を守るという。

「祝詞は、奏上(そうじょう)していうちに覚えてくるから、音読してみてね。読むお守りだと思って」

と、私が話すと、母はしみじみした表情をこちらに向けながら、

「読むお守りとか、そういうことがあるんだね」

と言った。

今からどれだけ母の罪穢(けが)れを祓(はら)ってくれて、幸せに導いてくれるのかは到底分かるはずもない。

それでもいい。

この機会に、「天津祝詞」を知り得たのは、母にとって幸い深い。

尚更、容易に読書も勧めやすくなった。

母のこれからを、幸せや喜びに変えてくれるのは、相対的に足りていない「学び」ではないかと絞ってみたからだ。

本を勧めるくらいしか、取りあえず手立てが思いつかない。

勧められた本の文字を追うだけでなく、内容を咀嚼してほしい。身の内に染みこませてほしい。やがては、その知恵が自分を救う糧（かて）にならしめ給え、と願う。


想い出すのは、学校で毎年、夏休みを終えて初日登校の九月一日に行われた「防災訓練」。

覚えているのは、教室で先生から防災についての目的や手段の説明を受けたときのこと。

その後、放送室から一斉にけたたましく警報が鳴ると、皆が一斉に防災頭巾を頭に被り、体を学習机の下に潜り込ませるところから、訓練が始まるのだった。

いつ起こるか分からない、予測不可能な災害に対して訓練をする。

慌てず騒がず、闇雲な行動に走らなくて済むように、必ず年に一回は実施された。緊急の際の準備をしていれば、最低限の不安が解消されて、シミュレーションがしやすくなる。

子供なので、訓練と同じ満点の行動にならなくても、覚えることで習得した自信に直結するのだろう。


人が「死」を迎えるに当たっては、尚更のこと予測不可能ではない。誰でも、致死率一〇〇パーセントは決定している。

それこそ、唯一無二のシミュレーションプロジェクトであり、一大イベントだろう。

そう。このイベントは、奇想天外でも何でもないことだ。

死んでしまえば、「無」になると決めている人々もいる。

けれども残念ながら、見えない世界の決定権は、私達人間には最初からないと考察した方がいい。

見えている地上の世界さえ、僅かな歴史しか生かされていない人間側に、見えない世界までを、託されていないとするのが自然ではないか。

遥か古から、大いなるものを人々が畏怖する経緯で、何を継承して、今世の秩序が調えられているかを思う他ない。


人が亡くなれば無になると仮定すると、世の中はとても簡単になるかと思いきや、大小の問題が限りなく派生するだろう。

世界の各宗教、世界宗教サミット、歴代の聖人の教えや各教典は不要になる。

日本では、皇室神道も神社仏閣も意味がなくなる。全ての年中行事がなくなり、冠婚葬祭が崩れる。

身近なところでは、数えきれないシステムが崩れて、秩序が保てなくなるだろう。

生死は表と裏。どちらにいても活動することになれば尚更、未来シミュレーションを無碍にはできない。

久しぶりに同じ屋根の下に居る八十代の母親は、日常生活の大抵のことを、人任せにして終始している。僅かな主体性も持たないままだ。はじめから、その発想さえ持ち合わせていないようだった。

そんな変わり映えのしない日常を目の前にしていれば、この状態のまま母を実家に帰すのは、やはり娘として忍びない心持ちになる。


人生を楽しむには、それなりの準備が要ると思う。

人生の主人公を務め上げるには、〝舞台練習〟に割く時間の方が、舞台で演じる時間より圧倒的に長くなる。

母の場合は、すべき舞台練習があったにもかかわらず、結構サボっていた時間が長かったというべきか。

はたまた、自分が舞台に立とうとしなかったか。

もはや今世の母は、自分のステージに主演を置き去りのまま、幕が閉じられようとしている場面に差し掛かっている。

どんなテーマで、どんなシナリオだったのか。

夢はあったのか。クライマックスと、その余韻はあったのか。

母さん。

自分のステージの一幕ぐらい、大いに盛り上げようよ。

母にとっては、蜘蛛の糸を掴むような境地から始まることになる。課題を作って、働きかけよう。そうして取り組んでもらうしかないと、割り切った。

娘の家に遊びに来ただけなのに、未来の課題を貰うことになるとは、母にとっては青天の霹靂だったろう。

この年齢で今更、何を学ぶというのか?

そんな声が、聞こえてきそうだ。

しかしながら母は、もう棚ぼた式に何かを待っていられる年齢ではない。

この年齢まで逆に、インプットする発想がなかったから、アウトプットの表現をするステージに立てていないとも言える。

今、進んでインプットしなかったら、いつ進むのか。後がない。

生涯でたった一度、親に対して私は本気かもしれない。

7　手紙

母は、わりにあっさりと読書を承諾して、遅くない速度で読んでいった。

本棚にあるだけでは、母が読み易い本の数にも限りがあった。

比較的、老齢の著者が書いた詩集やエッセイ集なども、多少の刺激になろうかと買い足して渡した。

先になると思うが、読書からヒントを得て、一握りでも、何らかのテーマに向かえる習慣ができればいい。


そのうちに、自分で選んで取り組む生き甲斐だって、見つけてほしい。

楽しさや面白味を、自分の言葉で語れるようになって、手応えだって感じてほしい。

そういう醍醐味を、近い日に私に聞かせてほしいものだ。

もう、さんざんと聞かされてきた苦労話も、この辺で幸せ話に上書きしたい。

母のこれからの日常を、色彩のある風景に塗り替えていってほしい。

なるべく途切れないよう、いくつかのジャンルの本を母に渡しておく。

母の日中の約二時間程度だろうけれど、読書は日課になっていった。

この日課は私の生が母の生にも、生かされていく感覚があった。


母は読書に慣れてくると、こんなことがあるのか、そんなことがあるのかと、たまに感想を言ってくれる日もあった。

無理せず楽せず、勧める本を読んでくれていた。

母が気持ち半分、読書に無理をしていたとしても、一宿一飯の娘への義理立てだとしても、それで良かれと思った。


「恒例行事だからって、町内の鎮守様や権現様のお祀りを、何も分からずに手伝ってきてた。ぼんやりでも訳が分かると、随分と違うもんだね。こんな歳になって、私はもう参加してないけど」

一か月も経つと、母はそんな話をしてきた。

母はこれまで、滅多に神社参拝などしていなかった。

神社の役割や、とりわけ産土神社の大切さを意識する機会もなかったのである。

何か携わる事柄がある時は、ルールや体系を知ることなく臨むよりは、分かっていた方が、格段に面白いはずだ。

芸術でもスポーツでも何でも、同じだろうと。


「なんだか、清々（せいせい）してくるようだね」

ある日の会話で母は、こう言ってきた。

「本当に、そう思う？」

と、私は思わず聞き返してしまった。

母は少し、照れ隠しのように、

「お陰様で。初めてだね。こんなに沢山の本を読むのは。歳ばかり取って知らないことばかりだから」

と言った。

母が自分の意見を言うのは、何とも珍しいことだった。

そしてまた、

「それからね。一人で生きてるんじゃないって思ったね」

と言った。

自分と向き合う、母なりの一生懸命さが見えた。

そう。自身の意見を持って表現する、自分軸に触れるきっかけになってくれればいいのだが。

私と離れて独りになっても、幸せ探しを続けてほしい。続けるコツを覚えてほしい。

是非に、〝幸せの種〟のヒントを、遠慮なく持ち帰ってもらいたいものだ。

母とは、私が実家で暮らした年月よりも、離れて暮らす年月の方が、疾うに長くなった。

長い歳月を経るにつれて、互いに霞むような関係性に慣れていたが、この時点で急速に色濃くなった。

親子関係が、形成し直された感さえする。

本当は母を相手に、こうした時間の使い方をするのは、当然、気恥ずかしさがあった。けれども、一番の血縁関係にあって、私より先に逝くであろう母へ、ささやかな「鎮魂歌」を贈るようなものと割り切った。

何をしていても、時は刻一刻と過ぎ去ってしまう。私が発案しても、母が受け入れなければ、何も変わらなかったはずだから、互いにとって結構な一大事だった。

母が滞在した今回の二か月半は、来るべくして来た機会だった。

いよいよ母が自宅に戻る際には、何冊かの本を荷物の中に入れた。すでに読んだものでも、未読のものでも、母に読んでほしいものを選んだ。最期の日まで、母なりのベストな環境が、少しでも続くようにと願いながら。最近の母は、何をするにも歳のせいにして面倒がり、平気でスルーすることが多くなった。

ここから離れてしまうと、益々、楽ばかりしがちだろうから、母に電話を掛ける回数を増やそう。どんどん、本の感想や近況を聞かせてくれるようにと、念を押した。

そして、気恥ずかしいので家に着いてから読んでほしいと頼み、この歳になって初めて母に書いた手紙を渡した。


手紙は、ついつい長文になってしまった。


「母さん。

何はともあれ、お疲れ様でした。

母さんにしては珍しく長期滞在だったし、枕も違って少々、しんどかったかな。


母さんは、八十代。私も、五十代。

いつの間にか、こんなに月日が流れているのに、互いに離れて過ごしているせいか、心配もかけないようにしているからか、大した話は、何もしていなかった。

電話にしても、近況報告をしながら世間話をして、それで終わっていた。

互いの家庭があるし、そういう関係性の方が当たり障りなくて面倒もないから、安否確認さえしていればいいくらいの気持ちで、ここまできてしまったと思うの。

同じ屋根の下に、今、隣の部屋で寝ているのは母さんだと思ったら、離れている時には気づかなかった血縁の意識が、急激に強くなってきたの。

隣にいるだけで安心だし、温もり感もあって心地よくなる。不思議なことだね。

親子の関係って、こういうものなんだって思った。

そうしたら真っ先に、私が幼い頃から、楽しそうにしていた母さんを、あまり見ることがなかったのを思い出した。

どうしても、母さんが望んでいるような暮らし方には見えなかったし、不自由に見えた。

このまま母さんは、忙しく働いて家族の面倒をみて、亭主関白で頑固な父親に尽くすだけで、終わってしまうのではないかと、ぼんやりと心配でした。

そんな母さんを見ているのが、ずっと厭だった。

子供心にも、同性だから気になった理由があったのかしら。

母さんが生まれた時代が、貧しかったのは知っています。食べるために必死だったのも、知っています。

けれども、時代は過ぎました。時代は同じではなく、変わりました。

どれだけでも自分の希望を持ち、幸せ作りをしていいんですよ。

私は、実家の空気が好きじゃなかったから、早々に学生時代から離れて暮らしました。見たいものを見て、知りたい事を知り、行きたいところに行こうと思いました。当たり前ですが、再びは戻らない時間を過ごすからです。

私の夫に会うたびに、母さんは挨拶代わりのように、

「詩織を幸せにしてくれて、ありがとう」

と、言ってくれているでしょう。

実際、母さんの言葉に凝縮されているかもしれません。

だから、母さんも幸せでなかったら、親子として心苦しいんです。

今からでも、茶飲み仲間とのお喋りと、お小遣いを孫に渡す以外の喜びづくりに、一生懸命になりましょうよ。

そして、母さんなりの、一番大事だと思えることに出会えてくれたら、私も嬉しい。

では、母さんの疲れが取れる頃、また電話しますね。


詩織より」


後にも先にも母に書いた手紙は、これっきりであった。

その後の連絡は専ら、互いに電話であった。

半年も過ぎた頃には、母は「大正琴」を習っていると話していた。ご近所の数人の趣味仲間に交じったらしい。

簡単な曲なら、いくつか弾けるようになって楽しいと話していた。

私が願うのは、そういった自主性を取り入れて生活してほしいということだった。デイサービス通いで、当日のメニューを、お膳立てしてもらって過ごすだけでは、不十分だと伝えてきた。

読書についてては進度を気にせずに、やめないで読み続け、ついでに感想も聞いていた。小さなアクションでさえ、起こし続けていれば潮流も変わるだろうと、私なりの期待があった。


そのうち、九十代になってからの母は、私たち夫婦に、たまに会うことがあると、

「詩織を幸せにしてくれて、ありがとう」

と、いつものように夫に挨拶代わりに言うが、それに加えて、

「もう一回ぐらいは、会いたいねえ」

と、別れ際に忘れず、言うようになった。

その度に私は、

「母さんは長生きだから、百歳まで大丈夫！」

と、大きめな声で返していた。

田舎の実家は、同じ敷地に私の兄家族世帯の本宅と、父が亡くなってからも、母が一人で住む別宅が建っていた。

ある年に、別宅の風呂釜のボイラーが壊れてしまった。

九十代も半ばを超えている母の年齢と、修理代のリスクを考えて、ボイラーは修理せずに兄家族が住む本宅へと引っ越して、同居することになったと母が話した。

この頃から、母から掛かってくる電話の回数がめっきり減って、話す内容も当たり障りのない会話に終始した。

何とも言えない家庭内の不自由さが窺え、母の無意味な気の使いように、毎回、私はうんざりした。

そして、本宅で同居してから、一年が経つか経たないかのうちに、母は逝ってしまった。

死に目に会っていないので、人を介して聞くだけの事実は、気持ちの持って行き場がなかった。

8　母の旅路

直系以外にも、傍系の親戚縁者が一堂に会した母の葬儀と納骨は、実家にて一通り終えた。

私は、もう自宅に戻るばかりだった。

それでも幾度となく、実家の仏壇の前に座った。

線香から揺らぎ昇る煙の向こうの、遺影の視線に目を合わせた。

遺影は逝く数年前に、母自身が業者に依頼して描いてもらい、準備していた。

それは、写真のように精密なタッチだったが、手描きの線の良さが出ていて、一枚のフィルターをかけたような、淡い優しさを醸し出していた。

遺影に使用したのは、一番のお気に入りらしかった小紋柄の着物姿だった。

髪は黒く量も幾分多い。顔の皺も少なく、実際の亡骸よりも若かった。

表情は、苦もなく楽もなかったようなふうだ。

もう少し、微笑みが欲しかった印象はあったが、目的が目的なだけに、こういうものだろうと思った。

あらためて見つめ直せば、亡くなる時の、母の心象を描いた遺影のようだと思えてきた。

こういうと叱られるかもしれないが、描かれた当時の、いつの日か異界へ行く運命が来るというちょっと不安げな表情が、見て取れる気がするからだ。

数年前に、どんな気持ちで遺影を準備したろう。

覚悟と諦めと、今を生きている有難さだったろうか。

いくら娘であっても、推測の領域から出られない。

それにしても、遺影は紛れもなく母の肖像画だった。

本当に母は、もう、どこにも居ないのだ。

自宅に戻って数日が経った頃、私はいつものように携帯から母に、なんとなく連絡しようとして我に返った。

そうだった。

母の声は、もう聞けなかったんだ。

相変わらず元気で、お茶飲み仲間とおしゃべりしているか、困ったことはないかと、思い出せば発信していた習慣があった。

人が一人、居なくなるというのは、こんなことから自覚していくのだと思った。

生きていたエネルギーは、こんなに強いものだったのだ。

強いほどに残される側にはダメージになるのだと知らされることになった。


母さん。

今、何処にいて、何をしているんでしょうね。


納棺前に納棺師の方の先導で、家族が母の白装束の支度をしたことが、脳裏によみがえった。

「後からお呼びしますので、暫く、ご家族様は部屋から外していただきます」

と言われてから、家族全員は部屋を出た。

数十分間後に、呼ばれて部屋に戻った。

亡骸は、髪が拭き清められ、顔にはごく薄い化粧が施され、血色を加えた配慮もあった。体には、白く光沢のある経帷子(きょうかたびら)を着せられ、額には三角頭巾が着けられていた。母は、ひと回りも小さくなって、遺体というよりは、硬いプラスティックの人形のようだった。本当に見た通りの、血が通っていない青白い抜け殻だった。

私たち家族は、順番に手甲(てっこう)や脚絆(きゃはん)、足袋と草鞋をはかせた。三途の川で渡すという、「六文銭」を模した紙片が入った頭陀袋(ずだぶくろ)を肩のあたりに置いて、杖も腰の脇に置いた。胸の上で組んだ手には、数珠を絡ませた。

厳かに、一連の支度をするのは決まり事であっても、形だけではない、パフォーマンスだけでは決してないという、霊妙さが伝わる。

昔から、亡くなった人には死出の旅の支度をさせる、といわれているので、送る側の家族はそういうものと思い、先導されるに任せて従う。

すでに動かない遺体に、母のような超高齢な体にさえ、腰脇に杖を置いて支度が完了するのだった。

単におまじない的な習慣ではなく、確たる理由があって施すという解釈が、自然に胸に迫った。

死出の支度は一律で、年齢は関係ないようだ。高齢者だから、旅支度は勘弁してくださいとはいかないようだ。


葬儀で僧侶が、遺影に向かって読経するのは、死者の霊魂が迷わず彼岸に行かれるよう、線香の煙を道しるべにして、お導きしていると聞く。

彼岸に迷わず辿り着くには、ただ向こう岸をぼんやり眺めているだけでは渡れないと聞く。

どのようにしたら滑らかに渡れるか、橋のかけ方の具体的な手立て、智慧を学ぶのが、「般若心経」だという。

その智慧が自分自身を照らす光、灯明になるという。灯明は、旅路の行き先を照らしてくれるという。


なにせ、亡くなったばかりなのに、杖をついてでも歩く旅路が始まるのだから、ゆっくり休める暇などないではないか。これは、穏やかではない。

こうしてみると、人の生き死には、とても真剣で、のっぴきならない歴然とした仕組みがあると、考えるしかない。

誰にも等しく、再び、未来の仕組みが始まるということか。

人は死して肉体を脱ぐが、魂は永遠に生きて、終わりにはならない未来図を語れる人々が、時の聖人になると説いた例がある。

一般の方々でも、死に際にさしかかった状態を語った事例はある。世界には、そうした研究機関が少なくないとも聞くが。

9　問わず語り

時は今、「コロナ禍」で、会社の仕事をはじめとするすべての日常が、停滞気味で重苦しく、明日の予想がつかめない閉塞感に覆われている。

生活の疲弊が増して、二進も三進もいかないところまで、来てしまった感がある。

資金繰り関連で、苦しむ日々もやってきた。

しかしながら、経済難になったからといって、今の仕事環境を大きく改善するとか、変更をするなど、急には出来そうもない。

せめて目の前の緊急問題を、幾つか片づけられるかどうか程度の、いざとなっても限られたことしか出来ないのであった。

本気で取り組んでいるつもりでも、糠に釘のような日常の繰り返しだ。

想像以上に長引く陰鬱な状況は、じわじわと気持ちの半分を、どこかに持っていかれているようだった。

ある日の寝しな、夜具の中の自分の身体が一瞬、温かくなる感じがした。

目はつむっていたが、まだ、眠っていなかった。

一瞬にして心のなかに、メッセージのようなものが駆け巡り、耳には聞こえない言葉が、一気に言語化されて胸に溢れてきた。

メッセージと共に、母の気配が充満しているようだった。

全ては同時に、胸の周りに迫って染みこむように伝わった。


「詩織。

私の死に目に会えてなかったからと、心残りだったようだね。

心配ない。

死出の歩きは、最初の頃は杖もついたが、そのうちに体が軽くなって、とうとう要らなくなった。

足元に、小さいが、灯明提灯（とうみょうぢょうちん）があった。

生前の霊界知識が証（あかし）となって、自身を照らす『光明』になった。

お陰様で、光明が行き先の道案内をしてくれた。有難い。

皆がしてくれた追善供養も効いて、助けられた。楽になった。

今日まで七日ごとの、七回の関門と審判も、大変だったけれど終えた。

来世の行き先のためには、随分と学びが足りていない。沢山の課題がある……」


目が覚めたら、朝になっていた。

随分、具体的な内容だった。

母の声のようだが、口からではなく、心の声が別の心に入るような感覚だった。

それが、とてつもなく早くて一瞬の事なのだ。

一体、何の現象だったのだろう。

夢かうつつか。

うつつの訳がないから、夢なのか。

現象は、順番に話が始まって終わるというのではなく、言葉全体が一遍に心に広がって伝わった感覚だ。

気になって、カレンダーを見た。

母の四十九日が過ぎた頃だった。

そういえば、母のことはいつまでも、胸の中でざわざわとした心配事が消えていなかったのだと、あらためて思い直した。

気づかなかったが、まだまだ名残惜しさを手離せないでいたのだ。


死出の旅路は、まともに歩けているだろうか。

三途の川は、無事に渡れただろうか。

いくつもの死出の関門を、超えられただろうか。

どんな来世に決められただろうか、などと想像の域も出ないところで、気にしていた。

私が心配しても、どうなるものではないが、異次元への疑問は放っておくと、積まれていくばかりだ。

私にとって、こんなふうに気がかりなのは、唯一、他の誰でもない、母という存在だからだ。

だから、たとえ夢であっても、母の様子が伝わってきた今、母が確かに逝った事実が証明されたようで、腑に落ちた自分がいた。

一種の、安堵感で包まれた。

10　新盆

新盆は、とても早くやってきた。

私は再び実家の仏壇と、母の遺影の前に座ることになった。

葬儀の時よりは落ち着いて、静かに、目を合わせることができた。

よくよく見れば、こんなに穏やかで慈愛ある母の顔だったと思えた。

今頃になって、じんわり涙が溢れた。


「母さん。そっちは落ち着いたの？」

と、私は遺影に聞いていた。


迎え火の後に、迎える側の生者と迎えられる側の死者の魂が、一様に一族の供養の膳を囲んだ。

夕方には、火を灯した仄明るい提灯を、目には見えない母が歩いているつもりで、足元を照らしながら墓まで送って行った。

そして、新盆の法要を終えたのであった。

法要の後は、とても気持ちがほっとした。

気持ちから抜けていない遣り切れなさや哀しみが、一区切りしたように思えた。

長兄が、おもむろに話し出した。

「近所の茶飲み友達だったKさんが、母さんが亡くなった一週間後に亡くなって、その隣のYさんが十日後に亡くなったんだ。こんなに葬式が続いたのは、今まで初めてだ。偶然とは思えないほどびっくりした」

「そんなことが起こってたの？」

私はそう言いながら、鳥肌が立った。

お二人とも私が幼い頃から、母共々に懇意にしていたご近所さんだったからだ。

「これには実際に、坊さんも驚いてた。三人も続くなんて珍しいことだって」

と、長兄は言葉を加えた。

独り暮らしだったKさんは、農作業中に畑で倒れた後に亡くなったようだ。一人の作業だったので、目撃者もないことから、近所の家々に警察が調査に来たと話していた。訳があるのだが、最初の発見者が長兄だったと聞いて、更に驚いた。警察からは、何度も何度も同じことを聞かれて、閉口したそうだ。

Kさん宅と実家は、ご近所だった。

長兄が大工という仕事柄、この周辺の家々から親戚縁者の新築工事は、殆ど手掛けている。かれこれ、もう六十年近く現役だ。今でも常時、新築工事以外でも、何らかの大工仕事の依頼が来ていた。

Kさん宅も数十年前に、長兄に依って大きな平屋を建てていた。築年数を経た最近では、不具合箇所も出てきて、時折、修繕を頼まれる。直近では、玄関ドアの建て付け調整を施したばかりだったらしい。

高齢のKさんにとっての使い勝手がどうなのか、手直し後の建て付け具合が気になって、別の日の夕方頃に家に立ち寄った。玄関で声を掛けたが留守だったので、ついでに家の裏側にある畑に行った。Kさんが作業をしていたら、調整確認して帰ろうと思っていたらしい。その時に、長兄はKさんの第一発見者になったという。

もう一人のYさんは、入院中に亡くなったと聞いた。だいぶ前から、心臓の病気を患っていたらしく、入浴中に体調がすぐれなくなり、そのまま入院したらしかった。

コロナ禍の最中、病院への見舞いもままならないので、その後、どれくらいの日にちが経ったのか、急に、ご家族から亡くなったという知らせがあったという。

この時期はお葬式から何から、催しもの全てに人数制限があり、親戚縁者以外はホール内にも入れなかった。家族葬が主流になり、親しかった方々の誰もが、最後のお別れをして故人を偲ぶという、しみじみとした弔いが難しくなっていた。


母の茶飲み友達は、誰もがほとんど二十代で嫁いでから、それぞれの実家に居た年月を疾(と)うに超えて、ご近所付き合いをしていた。四方山話のなかには、母親の口からしょっちゅう、私も登場していたと、この機会に聞いた。

Kさんには娘さんが二人いて、私もよく遊んでもらったのは当然、覚えていた。けれども、妹さんは小学生の時に急性の病気を発症し、お姉さんは、結婚して子供を授かった数年後に、やはり病気で二人とも亡くしていた。

Yさんのお子さんは三人いるが、いずれも息子だった。それで娘がいるのは、私の母だけというわけだ。

Kさんも Yさんも、母をとても羨ましがったという。特に、母が私の家に長期滞在した時、持つべき子供の一人は娘がいいという話で、盛り上がったそうだ。


この出来事はもちろん、偶然だと言うべきなのだろうが。

また、僅かでも個々人の心情が働いて、因果律があったのかもしれない。共時性なのか。

何かが、混在しているかもしれない。

どうであっても、これは確かな現実であった。

こういうことが、実家の近所で起きた事実に戸惑うばかりだった。

この辺で、そろそろ帰り支度をしようとした私に、長兄は、

「しばらくの間、落ち着かないだろうが、また、いつでも帰って来てな」

と、促すように言ってきた。

今まで特に、そんな言葉をかけられたことがなかった。

母は不在になったが、これからも帰省するのに気兼ねは要らないから、という意味合いだろうと解釈した。

私は約束するともなく、話の流れに任せて、

「分かった。なるべく、そうするつもりだから」

と、返事をした。


母が居た時は、帰れる時に帰っていた。

母が居る温かい空気に包まれるのが、私にとっての当たり前だったし、心地良さであった。


実家は今、長兄の所帯になった。私の甥にあたる長男も、家族をもって同居していた。

歳月とともに、実家の家族の新しい顔ぶれが増えていく。空気も温度も違ってくる。

そんなリアリティーが徐々に、私の知らない実家に変わっていった。それはまた、ここ

に住まう家族の当たり前だし、心地良さなのだと思う。

実家のことは、自分が生まれて育った時期の記憶さえ辿ることが出来れば、それでいいと考えるようになって久しい。

両親が不在のこれからは、私にとって、その方が気が楽かもしれなかった。

私が反芻できる実家は、色褪せた写真の、古いアルバムのなかにしか、もう見出せなくなった。

過ぎゆく時の流れ、そのものだ。

ある夜の寝しなのことだった。

再び、あの時の感覚が甦った。

母の気配が充満して、メッセージが一気に胸に伝わってきた。

「詩織。

新盆法要をしてもらって、ありがとう。

すがすがしくて、気持ちが軽い。ずっとずっと、楽になった。


一生涯を映す、浄玻璃（じょうはり）の鏡がある。

『天網恢恢疎（てんもうかいかいそ）にして漏らさず』。

全て、お見通し。

劫と徳とが測られて、行き先は決まる。

行き先は、生前の心のありようのままに。

生きているうちに、智慧があれば、百人力。


ここは、此岸（しがん）と同じ景色がある。

山川も野辺も花もある。


私は今、静かな郊外のような場所に住んでいる。

ここでは、同じような霊層の人たちが集まっている。

仲間たちは、来世の生まれ変わりのために、生前に不足していた課題を与えられ、学ぶ。

人の命は、死んで終われるものでなし。

肉体の衣を脱げば、魂は永遠無窮に生き通し……」


私は確かに、眠りにつく寸前だった。

厳かな空気に、包まれた気がした。

これは、夢ではなかった。

一体、これは？

何が、どうなっているというのだろう。

分からない。

この出来事を騒いだとして、何がどうなるだろう。

私はいつになく驚いているが、誰に話せるものでもない。

決して待つわけではないが、話せば、もうメッセージが来ない気もした。

だからといって、家族からも知人からも、誰からも、こんな出来事に遭遇した話は、一度も聞いたことがなかった。

母は、何をするにも不器用で、四角い部屋を丸く掃くような人だった。

何につけ話をまとめて、模範的なメッセージにして、物申せるような人柄ではなかった。

鷹が爪を隠しているわけでもない、鮮やかな隠し玉を持つわけでもない、市井の人なのだ。


けれども母には、人情があった。

人の痛みが想像できて、愛を持って接することができる、一番近い肉親であった。

神仏は「愛」や「慈悲」の想念をよろこばれると聞く。

母の気持ちの表れが、この地上と繋がることを許されたのだろうか。

それならそのように、私が思い込んでいればいいだけの話かもしれない。

受け入れていればいいという以外に、私には何の手立てがあるわけもない。


母にとって霊界が、初めて自分の人生を見つめ直す機会になったのだろうか。

立ち止まった時にしか、振り返られないことがあるのだろう。

母の霊界での学びの過程で、「問わず語り」のメッセージが許されたと、解釈しておこうか。

11　曼殊沙華

空の青さが、増してきた。

秋の彼岸の季節がやってきた。

曼珠沙華は、もう野辺に咲いた頃か。

曼珠沙華が咲く景色は、母の墓から真正面に、田畑ごと一望できた。

田畑の畔は、一時、盛大に深紅の色で華やぐ。

野辺の花々が、さわさわと風にそよぐ風景は、母も楽しげに、一緒になって戯れるが如く、同じ自然の形で存在しているのではないかと、想像するのだ。

般若心経に照らし合わせると、彼岸の世界は、「涅槃」であり、「悟りの境地」であるという。

何度、生まれ変わったとして、必ずしも魂が辿り着けるかどうか、玄妙な「彼岸」の世界。

至高の世界へ行くためには、いずれの御魂も、進歩向上しなければならない修行原則と、薄紙を剥ぐように劫を祓い、時間をかけて、霊体そのものを純化するという。
亡くなって皆、すぐに「彼岸の人」には、なれないようだ。

長い夜に慣れてきた、ある日の就寝時だった。
問わず語りの、母の気配が充満した。

「詩織。
生前の艱難辛苦は、魂の進歩向上の道具。
悟れば救われる修行の旅路。
生前に努力せず顧みなかった悪想念を、転換するのは至難の業だ。
修行はこれから、まだまだ。
まだまだ、これからも続く。
日々、黒い雲間を取り払っている。
精進すれば雲間が晴れて、澄み渡る。

偏在している階層の集団を、見ることがあった。

その中の僧侶たちが、数人で集まって談義をしている。

僧侶たちは、あれを食べたかった、これを食べたかった。あれとこれを、体験してみたかった。どこそこに行ってみたかった……またぞろに、あれやこれや、生前に悔いたことを述べ合っている。

奈落の底のような、暗くて寒い感覚の階層を垣間見ることもあった。

その集団は生前に、名士だった人や聖職者の人たちだったので、とても驚いてしまった。

生前に、光明に導く使命を担う立場を利用して、言葉と心と行いを一致させることなく、私腹を肥やした。

重い罪と罰がある、厳しい環境下に追いやられている。

様々な階層の、様々な因果の法則がある。

修行に生きた僧侶たちの談義でも、何をかいわんや。

聖職に生きた人たちの、魂の暗部を映した行き先はいかんや。

本義に辿り着くのは、果てしない……」


「問わず語り」だった。

こういうことは、決して慣れることではない。

何か突拍子もない「からくり」に巻き込まれた気持ちになる。

訳が分からず、その度に驚きおののくのだが、母の気配が充満すると、不可思議でも何であっても、ありのままに享受する。

瞬時のことなので、聞く、聞かないの選択には至らない。

「問わず語り」は、言い回しや語彙が磨かれていて、生前の母の面影は、徐々に探せなくなりつつあった。

学びの成果なのだろうか。

もしや、魂そのものが、留まることなく進化の方向に動いているのか。

ついに魂は磨かれるままに、母の魂を超えつつあるのか。

驚くなかれ。

当然ながら、私にとって母は、今世限りの母だった。

母が母であるのは、一度切りの縁だった。

今世限りの母子の縁だったことを、また、すっかり忘れて暮らしていたのだった。


母子の歴史は残るけれど、来世の縁は全く別のものになろう。

こんな当たり前を当たり前と、日頃は思っていないのだ。

顧みれば、私と母は、全体的に淡白な親子関係だったと、気が抜けるほどだ。

それだから運命は、ドラマティックなのだろうか。

あまりにも近しい存在だから、母を慮る思考に欠けていた。

どこまで心を寄せればいいか、手を伸ばせばいいか、肉親ならではの曖昧さや、もどかしさがあった。

いざという時が来ないと、人は目の前の大事を、どうやら放ったらかしたままだ。

私は元々、自身の生き方に特別な思い入れがあるわけではなかった。平凡な能力しかないので、その分せめて只今、只今に熱量を上げて、過ごすしかなかった。

何事も、思い切りよく行動して、後悔する余裕もない。

突き動かされることがあると、迷わず進む傾向があった。

母とは、まるで正反対な生き方だった。

正反対とは言いながら、その原動力の根底は、実は、母の存在にあったことに気づいた。

意識のある、なしにかかわらず、母の愛情、安心の「気」に包まれていたから、やってこられたに違いなかった。

心の故郷に帰りたいときに、いつでも帰れる安心感があったからだ。

失くして分かった、まさに心の「故郷」であった。

閃(ひらめ)きも発想も、終始一貫、自分の力だけで収めていたわけではなかった。

目には見えないけれど、親子の縁がそこかしこで繋がって、守られていたから出来得た、私のこれまでだったのだ。

あらゆる現象に、血縁であるところの関係性は派生していたのだ。

こうしたことを顧みることもなく、私は平気で、我が物顔で過ごしていたのだった。

是非もない。

12　別離の川

覚えある、霊妙な空気感が充満した。

母の気配だった。

母の一周忌が、近づいている頃だろうか。

そんな時期の、ある夜の寝しなだった。


「詩織。

家で倒れてから、いつ召されたかは、自分の死出の旅支度と葬儀の様子で知ったよ。

お世話になった家族の一人ひとり、お礼の気持ちを伝えたと思ったら、白装束のまま手元の灯明に、道案内されて歩いていた。

すると、小さな花がいっぱい咲く野原に出て、どこまでも歩き続けた。

歩き続けていると、今度は、さらさらと流れる川に辿り着いた。用意されている白い衣の死装束に着替え、その場にいたお婆さんに目の前の川を渡るように言われた。

川は冷たいのを覚悟していたが、冷たくは感じなかった。怖いとは思わずにずんずん進んだ。衣は色が付いて、同じ色の人たちと同じ方向に進む。

白い衣に着替えるのを、嫌がっていた人たちもいたが、ここでは通じない。無理矢理に着せられて川を渡るも、急流になって流されそうになりながら、渡っていった。

死出の旅路に向かっていると理解している人たちは、何の戸惑いもなく着替え、川を渡っていく。

川は、「天国」「中有霊界（幽界に同じ）」「地獄」の、三つの行き先の分岐点、いわゆる「三途の川」。

三途の川は、緩い流れ、速めの流れ、急流で深い流れ、渡る人によって流れが変わるので、三途。

それとは別に「一途の川」がある。

天国や地獄に、一直線で行く一途の川。

生前に善行や功徳を多く施した人は、一直線にすぐに天国に行かれる。

悪行を働いた非道な人は、頭から真っ逆さまに地獄に落ちる。審判の必要もない。その後、閻魔様の前に出されると、本人の一生涯の経過報告書を、閻魔様に読み上げられる。善行の徳分と悪行のカルマが測られて、因果の法則の通りに行き先が決定する。似た霊格の人たち、同じような仕事をしていた人たち、考え方や生き方が似ていた人たちの、コミュニティが出来る。

生前の行いに相応したコミュニティもまた、心の境地と学びの方向性、内容によって、細かく分類される。

皆が供養してくれていたから、私は分類される時も随分と救われた。

四十九日間は不安もあったが、現世での未練を残さずと予備知識があったので、決めて進めた。有難かった。

ここには、山も川も野辺もある。

質素だが小ぎれいな家に住んで、学びの合間には、和裁をして、多少の農作物を作っている。

ここでは、約三十年の学びが続く。

この期間中の生活は、今後、本格的に数百年を過ごす霊界へ進むための、準備期間になる。

この時期の学びや改心が、行き先を決定する。

私は、主体性や自発性に欠けていたから、魂の発動の不足していた事柄から始める。数えきれない多くの学びは、一朝一夕にはできるものでなく、一つ一つを辿らせていただくもの……」

暫く時間が経ったはずだった。

母の気配が、まだ充満している。

「詩織。

これから、多くの大事を教えていただく。

何が良くて、何が良くなかった生涯だったか、正される。

地上に死んだことは、ありのままの自然のひとつ。
天に心を預けて住み直す。死もまた楽し。

人は、大いなるものの手足となって働く定めを、あらためて魂に刻んでいる。

何も心配ない。
未練なく、続く旅路を進む。
娘だった詩織。
全てのことに、ありがとう。

伝えることが許されるのは、この限り……」

母さん……。母さん……？

この現象が何なのか、今は、きっと私には分からない。

どれだけ心に言葉が流れても、整理はできない。
言葉の中味を、どうしようということもない。
こういう世界があると、知覚を持っただけになる。
私がこの世を終える日から、分かるであろう事柄だ。

妙なことだし、不可思議さは消えないが、私は心底、安堵したのだ。
その通りであれば、母は元気でいるということだ。
少なくとも、苦しい場所ではないらしい。学びも出来ているらしい。
それが何よりで、十分なことだった。

13 彼岸の人

一体、何時なのだろう。
おもむろにベッドから起き上がり、冷えている床に足を着いた。ゆっくりと掃き出し窓まで行って、片面のカーテンを開けた。

窓に顔を近づけた。
夜空を見上げた。
漆黒の晴天に、星が輝いている。
輝きに誘われて、私の心が話しはじめた。

「母さん。
聞こえる？

母さんが亡くなる十年前から、濃い親子関係になったと思わない？

気恥ずかしかったけど、二人三脚した時間経過でした。


母さんの年齢では、「蜘蛛の糸」を掴むかどうかの、分水嶺でした。

無理せず楽せずとは言いながら、よく一緒に進みましたね。

相応に、得るもの、悟るものは、大きかったはず。


縁というのは、本来は、手応えがあるものなんですね。

何をしていても母は母、私は子供で、上手に甘え合えました。

親子の時間でした。


それから、母さんがくれたメッセージから考えたことがあったの。

肉体の衣を脱いで、本当に魂のふるさとに還ったと思えた。

メッセージは、私が知っている母さんよりも、格段に生き生きして、進歩している雰囲気だった。亡くなった時の母さんのままではなかった。

もっと言ってしまうと、「生前」という意味合いを、少しばかり覗いた瞬間だったのではないかと。

なぜかって、現世に生まれる前は、人は肉体をまとっていない。

肉体のないふるさとで懸命に、魂の本質に生きている状態が、私たちの本来の「生前」ではないだろうかと。


母さん。

私は今、とても照れています。

母さんへの幸せ探しを提案してから、随分と月日が経ちました。私の提案した数倍もの幸せの元を、こうして図らずも、母さんから教えられました。

母さん。

良い時間を過ごしてね。

いつまでも、健やかで」


北の方位に北極星が、子熊座の中で一番明るく輝く。

古代には、航海の目印にされて頼りになる星だったという。

一年中、変動しない星座なのかというと、実際には天の北極は、天の歳差運動によって移動しているのだとか。

その影響で、およそ一万二千年後には、琴座のベガが北極星になる推測だという。

星々も周期があって、移り変わる。

ギリシャ神話では、大熊座と子熊座は親子の星座になっている。

元々は人間だったが、熊に変身させられて、天に上げられた伝説があるようだ。

親子の星座があるのは随分、ドラマティックなものだ。

劇的で現実味を帯びない、母という存在の変化。

目の前から、一瞬にして消えてしまったから、どこへ行ったのかと心で探していた。

目で追えなくなった分、心で追いかけて、追いかけて、きりがなかった。

そんな心の騒ぎも、今は、随分に静かだ。

存在していた母は、もう私の記憶にしか棲まなくなった。
今世限りの母と娘は、私の姿がなくなる時に、はっきり跡形もなく終えていく。
そして、遥かなる彼岸に渡るのか。

母よ。
過去を、未来を、ありがとう。
あなたの魂を、寿ぎます。

母よ。
苦楽を超えて、彼岸に渡れ。
先んじて、彼岸の人たれ。

羯諦羯諦（ぎゃーていぎゃーてい）
波羅羯諦（はーらーぎゃーてい）
波羅僧羯諦（はらそうぎゃーてい）

菩提薩婆訶（ぼーぢーそわか）

般若心經（はんにゃーしんぎょう）

（完）

あとがき

約二十年前、「隠れキリシタン」という耳慣れない言葉に関心を持ち、いつか天草・長崎地方に行きたいと思っていました。

しかし、「九州」ガイドブックを購入してからも、なかなか出かけられないまま、小骨が刺さったように気になっていました。

その後、刺さったままの小骨を取る如く、十年目の年季が入ったガイドブックを片手に、やっと数回に分けて、訪れる機会に恵まれました。

現地に着いたときは、いつになく能動的に廻ったのを覚えています。

最初に向かった天草地方は、施設ひとつ巡るにも広範囲で移動時間が長く、他の観光地も廻ったりするので、キリシタン色は薄い感触でした。

次に、五島列島。

五島列島の地図を見て驚いたのは、その形が十字架に似ていることでした。当地の積年の歴史と、偶然とは思えない地形なのです。

キリシタンの里と呼ばれている島々は、重なるような山間の民家の並びに、和洋折衷風のコンパクトな教会が点在しています。

木造建築教会であっても、集落のなかに同化しているような、していないような、見慣れていないせいか、何とも不思議な風景です。

隠れキリシタンにとって聖地といわれる、キリシタン洞窟にも上陸してみました。

明治の初めに、迫害を受けた四家族が三か月間ほど隠れていた岩場だそうです。

洞窟へ向かう陸路はなく、海上から船でしか近づけず、天候が悪ければ上陸もままならない場所です。環境が厳し過ぎて、ここで寝食を共にしたとは、想像が追いついてきません。

この洞窟入口に、昭和四十二年に立てたという、大きな白い十字架と、右手を挙げたキリスト像があります。海上からしか見られない、特別感があります。

印象的だったのは、島の信徒らが切り出した砂岩で建てたという頭ヶ島（かしらがしま）教会周辺です。

教会前を少し下ると、大海原が広がります。海原の手前の野原には、墓の上部にクルス（十字）を付けた数十ものキリシタンの墓石が、整然と並んでいます。

禁教時代の信徒の墓は文字も文様もなく、自然石や野石を伏臥させた粗末なものだったというから、当たり前に建てられた墓一つへの思い入れは、生者も死者も如何ばかりだったかと推し量ります。

現在の墓石は、碧い空と大海原に囲まれ、燦々と陽射しが照らす、ベストポジションにあります。

祖霊が陽に向かい、さながらロザリオを手にかざして微笑んでいるように映るのは、気のせいではないでしょう。

当時の庶民のあずかり知らないところで、世界情勢と時の支配者に、無理矢理に潜伏を余儀なくされた二世紀半の歴史は、何という重さでしょうか。

そんな重かった長い歴史に、感慨深い朗報がありました。

この地が世界遺産に登録されたというニュースでした。

「長崎と天草地方の潜伏キリシタン関連遺産」として、二〇一八年七月に世界文化遺産に登録されたのでした。

この登録は、日本古来の土着信仰の本質が、世界に発信された瞬間でもあった、というべきかもしれません。

キリスト教は本来、一神教として神父などの指導者の下で正しい教えを乞うて、学びを深めるものらしいです。

けれども、禁教令廃止後の最初の信徒発見まで、指導者不在のまま、在来の信仰と融合するかたちで、キリスト教信仰を続けたようです。

その独特の信仰継承が、日本の奇跡だと評価されています。

一般的に想像する、神道や仏教を隠れ蓑にして、キリスト教だけを守ってきた信仰ではなかったようです。

家代々、祀ってきた神様を自分の代で止めてしまうと、祟り（たた）や穢れ（けが）に通じるという先祖崇拝や、在来宗教と同じように解釈したため、弾圧や迫害のなかでも、棄教できなかったといわれています。

閉じられていた積年の祖霊の祈りが、封印を解かれて、この度の、世界文化遺産にまで押し上げられました。

意を乗せて、祈れる人々は今、どのような幸いを体現しているでしょう。

悠久の祈りに、幸いあれ。


源流は本来、「同源」だといいます。

お国柄、風土、時代の聖人、古からの慣習の絡みやらで、それぞれの宗教宗派が生まれて分かれました。幹は同じで、枝葉が幾つにも分かれている、一本の樹木という解釈。

そうであれば、世界はますます共存共栄の方向へ進み、常に通過点になると思います。


日本の縁起のいい宝船に乗る「七福神」の神様たちも、実は「恵比寿」様だけが唯一、日本の神様というのはよく知られています。

「大黒天」様と「毘沙門天」様はインド。「弁財天」様も、ヒンドゥー教がもとになる女神。「福禄寿」様は中国の道教から、「寿老人」様も中国から、「布袋」様は中国の禅僧という伝説です。

こうして、いつの間にか海外の神様たちと、ちゃっかり一緒に歩んだりして、頼もしく、面白いものです。

共存共栄の雛形（ひながた）のひとつが、ここにも表れているかのようです。

我が国は、子供が生まれると宮参りに神社に行き、成人して憧れの教会で結婚式を挙げ、檀家のお寺で成仏を願ってお経をあげてもらい、死者を弔います。神や宗派を問わずに、仲良く共存しています。

知るとも知らずとも、気づくとも気づかずとも、神居ます習慣が日常のここかしこに、平凡に見え隠れしています。

日本人の本質は、無宗教どころかむしろ、多宗教文化の真中（まなか）に在るだろうかと。

本書を刊行するにあたりまして、携わっていただきましたすべての関係者の皆様に、心より感謝申し上げます。

令和五年三月吉日

秋吉　翔子

著者プロフィール
秋吉 翔子（あきよし しょうこ）
1957年生まれ。
栃木県出身。
書道教授、会社役員。
著書『永遠の初夏』『残照のララバイ』（どちらも2022年、文芸社）

彼岸の人 とわずがたり

2023年 8 月15日　初版第 1 刷発行

著　者　秋吉 翔子
発行者　瓜谷 綱延
発行所　株式会社文芸社
〒160-0022　東京都新宿区新宿1－10－1
電話　03-5369-3060（代表）
03-5369-2299（販売）

印刷所　図書印刷株式会社

ISBN978-4-286-24387-0